썸

썸

ⓒ박세현, 2023

1판 1쇄 인쇄__2023년 12월 10일
1판 1쇄 발행__2023년 12월 20일

지은이__박세현
펴낸이__양정섭

제작·공급__경진출판
　　　사업장주소__서울특별시 금천구 시흥대로 57길 17(시흥동) 영광빌딩 203호
　　　전화__070-7550-7776　팩스__02-806-7282
　　　홈페이지__https://smartstore.naver.com/kyungjinpub/
　　　이메일__mykyungjin@daum.net

값　12,000원
ISBN　979-11-92542-70-6　03810

썸

박세현 시집

경진출판

차례

2

5

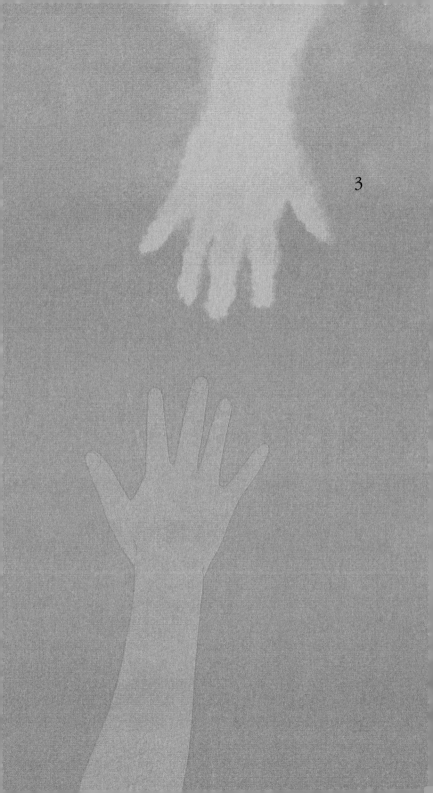

3

거의 모르는

수요일 아침
동향 창을 넘어온 햇살이
오월 중순의 삶 쪽으로 쏟아진다
책상 모서리에 삼삼오오 모여
초여름 햇살에 몸을 달구는
늙은 서적들의 토론
일말의 슬픈 은둔요법이다
푸른 말들의 다급한 발굽소리는 지금
어디를 달리고 있는가
살기 어려울수록 삶을 줄여야 한다
숨도 이틀에 한 번씩 쉬어주자
거의 모르는 순간이 다가와
수줍게 손을 내민다
잡아야 하나

이런 삶

—박세현에게

가끔
시인 박세현 닮았다는 말을 듣는다
나도 그렇게 생각한다
닮기는 좀 닮았다
나도 모르는 사이
그의 흉내를 내면서 살기도 한다
시도 쓰면서
근거 불충분한 꿈을 꾸면서

述而不作

"좋아하는 소설가가 있나요?"
"있습니다요."
"누군가요?"
"차라리요."
"많이 읽으셨나 봐요."
"읽지는 않습니다요.
독자라기보다 지지자지요."
"좋아하면서 왜 읽지 않는가요?"
"시간이 없습니다."
"읽지 않고도 지지할 수 있나요?"
"저는 그렇지요.
이름만 봐도 딱 느낌 와요."
"무슨 느낌이요?"
"잘 쓸 거라는 믿음이지요."
"그럴 수도 있군요."
"네. 지지자니까요."

좋아요

오늘 아침
페이스북에 좋아요 하나를 눌렀다
올해부터는 그러지 말자는 다짐을
간단히 어기고 말았다
좋아요를 보탠다고 달라질 건 없다
내 말을 대신해주는 페친이 고마워서
손가락이 먼저 좋아요를 누른다
나의 이념은 오직 손가락이다
컴퓨터 자판을 두드릴 때
미운 사람 삿대질 할 때
멍청한 나를 가리킬 때
사랑이 사라진 방향을 가리킬 때
손마디는 사랑의 순간처럼 부풀어오른다
그런 나를 말리지 않는다
무료할 때조차 좋아요 한 번 누르고 나면
세상에 개입한 듯 보람이 느껴진다

가을의 맨살

막차를 타고 서울에 온 날
입추가 좇아오고
없는 그대가 오고
내일은 태풍이 오기로 예약되었다
태풍을 기다리던 밤에 대해
허둥지둥 끄적거리던 때도 있었다
그때도 입추 부근이었을 것이고
마음에 심어놓은 코스모스를
모시던 시절이었는데
그 마음들 다 뿔뿔이 흩어졌다
누구의 눈짓에서 태어나고
누구의 흔들림에서 태어나고
태어나고 또 태어나고
날마다 다시 태어나고
오늘은 입추를 향해 손짓을 하겠다
내 손짓에서 태어나는 시간들
편집되지 않은 가을의 맨살을
살아봐야겠다

클린트 이스트 우드

전편
클린트 이스트 우드가
일상복 차림으로 길거리
공중전화에서 껄껄껄
입 크게 벌리고
한껏 시시껄렁하게 웃으며
통화하는 한가로운 사진
저 방심한 평화에는
어떤 대사가 어울릴까
—서부극 찍을 때가 좋았어
다 개폼이었지만 말이야 껄껄껄
나는 개폼이 좋거든

후편
93세를 맞이한 전설의 배우가
꽃을 들고 조용히 웃고 있다

뭉게구름

시집을 내준 출판사의
젊은 사장한테
책이 몇 권 팔렸는지 물었다
사장은 망설이면서
민망한 듯 다섯 권이라 말했다
모두 고향 쪽에서 들어온 주문이란다
먼 친척들이 고맙다
공연히 물었지만 그래도
묻기를 잘했다
내 손에 흩어진 뭉게구름 몇 조각
내 시는 충분히 보상받았다
세상 모든 사람들에게
신의 축복이 깃들기를

정선국제공항

없지만 있다고
여기게 되는 것이 있다
이데아가 그렇듯이 꿈길이 그렇고
정선국제공항도 그렇다
김밥 옆구리 터지는 소리라고 해도
할 말은 없다
사실은 아니지만 사실로
믿고 싶은 게 있듯이
현실이지만 비현실로 돌려놓고 싶은
일도 한두 가지가 아니다
죽은 사람
어제 창밖으로 불던 바람이 그렇고
쓰다가 지워버린 문장도 그렇다
이런 느낌 이런 심정을 가방에 담고
없는 정선국제공항 로비에서
결항된 리스본행 비행기를 기다린다
베케트 닮은 사람도 있고
페소아 비슷한 사람도 있었다
본명이 김해경이라는 봉두난발에게
목례도 했지만 믿을 수는 없다
오늘처럼 흐린 날은 공항에 나가본다

미발표의 나날

모리스 블랑쇼가 누군지 모른다
몰라도 상관없는 아침이다
누가 치는지 모르는 피아노가 맑다
오전이라 더 그렇다
미련한 내게 불명을 주신
노스님의 미발표 에세이를 읽는다
나도 미발표 글을 써야 하나
머리를 스치는 잡념
꽃 없는 수선화가 책상에서
날 보고 웃는다
나는 거두워줄 상좌가 없으니
미발표는 남기지 말아야겠다
凡所有相 皆是虛妄
皆詩虛妄

숙련공의 슬픔

청년에게 물었다
올해 몇이오?
편의점 청년이 대답한다
갓스물입니다
그럼 시인이군요

청년이 묻는다
선생님은 어떻게 되십니까?
내가 대답한다
나는 고희요
청년이 조용히 말한다
고요하시다니 더 시인이십니다
내가 다시 말한다
시인이고 싶었는데 오래 쓰다 보니
장인이 되고 말았다네
청년이 혼자 중얼거린다
숙련공의 슬픔

나에게 중얼거린 말

팔월이야
내가 나에게 중얼거린 말
그러나 그때 늦게 핀
능소화를 들여다보느라
나는 내 말을 알아듣지 못했다
팔월이야
조금 더 볼륨을 올려 말했다
그제서야 꽃에서 고개를 들고
내 목소리를 듣는다
정말 팔월이군
나도 나에게 중얼거렸다
몸이 있을 때 온몸으로 살아야겠지
팔월 첫날이다
음, 팔월
더 갈 데가 없는 오늘
손차양을 하고 짐짓
보이지 않는 먼 곳을 본다

소설역

오늘은
오이도로 간다
어제는 개꿈을 한 편 꾸고
꽤 진지하지만 시시한
시를 읽기도 했다
나는 액자 속 인간
액자 밖은 모른다
그건 비현실이다
숭고함에 대해 생각한다
이를테면
망각
연극
녹슨 대문
유골함
같은 것들
더 있다
문학 소수자
명예철학박사
벽돌책
열차 내에서 시를 읽는 분은

다음 역에서 하차해달라는
녹음된 안내방송
다음 역은 소설 소설역입니다
내리실 문은 없으니
각자 뛰어내리십시오

벚꽃 지는 날

후- 불면 날아가 버릴 한 줌
나의 허무주의 위로 금년 벚꽃이 난분분
나도 분분
서로 손잡고 마음 다지며 흩날리다가
무심코 허공에서 손을 놓치는 사연들
저 많고 외로운 동명이인들의 행운을 빈다
이 순간의 어지러운 고요를 딛고
누군가 나를 지나간다 당신인가
나도 누군가의 마음을 지나간다
당신인가

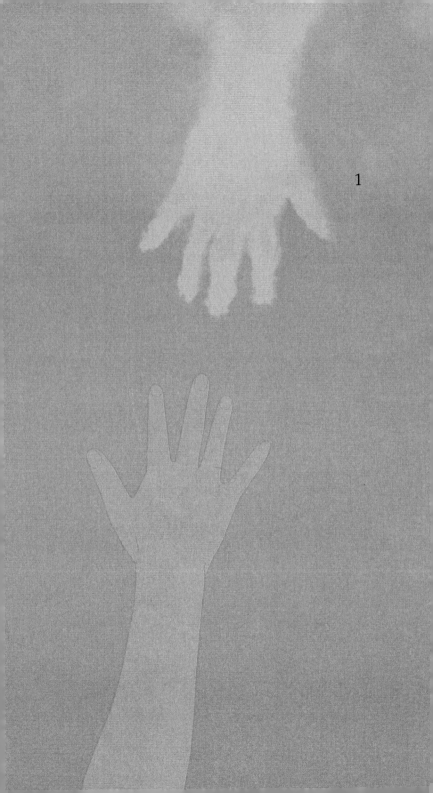

저녁의 말

어둠이 내린다
내용 없는 말을 중얼거리면서
믹스커피를 마시고 비스듬히
의자에 기대면 미완의 하루가
저문다
누구에게나 영구미제로 남는
하루는 있다
시가 그러하듯이
사는 일도 그렇다
이의 없음
설명되고 이해되는 것은
길게 말하지 않겠다
그건 시도 삶도 아닐지도 모른다

소설가와 앉아서

소주를 마시며
각자의 자각 없는 회고담
소설가는 스토리텔링에 대해
지치지 않고 말하지만
나는 딴생각을 한다
이게 진정한 스토리다
소설가가 자기 책이 백 권 팔렸다고
묻지 않은 말을 했을 때
나는 백 명의 멍청이를 떠올렸다
제정신이 아닌 독자를 천 명 쯤 가진
기분은 어떨 것인가
나는 빈 잔을 들어 원샷했다
상큼하다
지금도 바느질하듯이
스토리를 엮으면서
생계를 유지한다는 건
찰리 채플린이 와도 웃지 않을 일
소설가 선생은 술자리 이슥해져도
시에 대해 묻지 않았다
대단한 인내심이다

독자도 이 사실을 알면 좋겠지만
독자는 작가의 다음 소설을
예매하느라 정신이 없다
나는 빈 잔을 단숨에 마시고
발코니에 나가 맨하늘을 쳐다본다
별은 없다
그러면 그렇지
어디에도 닿지 못하고 사라지는
내 통큰 구시렁거림
내일은 수필가와 마셔봐야 하나

오규원

그의 본명은 오규옥
김소월이 김정식인 것처럼
최종 학력은 동아대 법학과다
꽤 낯설지만 그것은 나의 촌스런 편견
날이미지 그대로 받아들이기로 한다
언젠가 세검정에 있던 문학과비평사 편집실
소파에서 주간인 문학박사 김시태 교수와
담소를 나누던 풍경 한 토막
그날 시인이 목에 둘렀던 스카프는
다름 아닌 그의 시였던 것
다름 아닌 시인의 전재산이었을 것
그의 직장은 서울예전 문예창작과
그런 풍문은 바람결에 날아가
영월군 수주면 무릉리를 지나갔다
언어에 순교했던 시인이 생각나는
비오는 날이다

카페 오데사

그런 데가 있더군
프랑스 파리
가본 적 없으면서 가본 듯한 길거리
카페에 앉아 커피를 마시면 좋겠어
카뮈를 카무스로 번역하는 자동번역이
이유 없이 마음에 와 닿는다
무기여 잘 있거라
그보다는 무기와의 작별이 신선하다
그런 착각을 어루만지면서
에스프레소를 흡입하면 좋을 것이다
가을볕에 마음이 녹는 카페 오데사에서
꿈인 듯 생시인 듯 시간을 탕진하는
그런 날이 오면 그곳에서
그곳이 아니더라도 장날 지나간 봉평
장터거리에서 마음 벗어놓고
시간 없이 멍 때리고 싶어지는군

이 시각 주요 뉴스

전직 대통령은 살아 있고
현직은 지지율이 3퍼센트 인상되었다
원로작가의 사망소식이 떴고
야당 대표 구속영장 청구론이 떠오른다
지인에게 시집을 줬더니
웃으면서 사양했다
친구여, 만수무강하라
오늘 체감온도는 31℃보다 높고
대체로 흐림
밤에 남긴 커피를 홀짝거리며
식은 꿈을 데우는 중이다

난데없는 경사

이젠 편안한 시가 다가오는군요
정색하고 징징대는 시가 아니라
동서남북
아무렇게나 떠드는 시가 그렇습디다
쓴 사람도 무슨 말을 하고 있는지
모르는 그런 시에 한 표
거기에 자신의 뇌피셜을 덧보태는
시해설도 지지하게 되는군요
내일은 한물간 지젝의 시를 읽고
라캉의 픽션도 필사하려구요
요약본 한국문학사를 읽으면서
어떤 시대는 경쾌하게 건너뛸 겁니다
읽을 만한 시가 없는 시대도 있었다니
그저 놀랍고 흥분되는군요
역사가 없는 시대에는
전국노래자랑 같은 시도 감동이지요
난데없는 경사가 아닐까요?

낮달맞이꽃

공터에 피어난
낮달맞이꽃에게 눈인사하며
서부시장으로
가는
이른 저녁
삶이 꿈을 수식하는 7월은
재산세 납부의 달
약속보다 먼저 온 노을이
시대착각적으로
술집 테라스를 적셔놓고 있다
강릉살이 닷새째
바흐가 죽은 다음 날
35도의 낯뜨거움을 달래며
300년 만에 문학토론을 하게 될 듯
구 여친 만나는 기분으로
지방대학 강의전담 교수의
새로 돋은 흰머리칼을 관망하며
술잔을 어루만질 것이다
낮달맞이꽃의 흔들림을 흉내내며
낮은 마음만으로
좀 설레고 싶다

事實無根

나는 사실무근이오
금시초문이기도 하겠지요
감나무에 걸린 빈 까치집 쳐다보듯
꾸다 만 꿈 작문하듯
마릴린 먼로가 읽는 두꺼운 소설의
주인공일지도 모르겠소
백일몽은 내가 제작한 저예산 영화
절친이자 동지인 복면강도의
들키고 싶지 않은 진실을 재연한 다큐다
달면 삼키고 쓰면 뱉아내자는 건
변치 않는 나의 좌우명이외다
이제는 말합니다
집을 나와 거리를 떠도는
세상 모든 영혼들이여
내가 숭상하는 유일무이한 대상이여
날마다 행운을 빕니다

양을 세듯이

양 한 마리
양 두 마리
양 세 마리

산초 판사가 돈키호테를 위해
양을 세듯이

하루
이틀
사흘

어디까지 셌는지 잊어먹고
처음부터 다시 헤아리듯이

소묘

아침에 눈뜨자마자 작정 없이
예산 수덕사에 갔다는 사람을
부러워합니다
내가 못하는 일이지요
잘 하신 겁니다
어딘지 모르는 먼 데서
방금 도착한 여행자처럼
어리벙벙하게 살고 있습니다
하루가 낯설고 터무니없어도
그런대로 살고 있습니다
사는 기쁨입니다
이런 전대미문의 하루를
무용수가 설명 없이 휘저어놓은
김영태의 소묘집을 넘기면서
허공을 살고 있습니다

한번도 작곡되지 않은 음악에 몸을 맡겨야지

시간은 내 편이 아니군
저 갈참나무 이파리 뒤집어지는 거 봐
가볍잖어 이쁘지 않어
전엔 저런 거 안 보였는데
지금은 보이네 마구 진하게 보여
어제는 노원구 중계동에서
재즈평론가의 유튜브를 봤지
재즈피아니스트가 흘리는 얘기들
문학은 왜 저런 거 없나 몰라

있는지도 모르지만
있다면 신날 텐데
구보도 찾아가고 이상도 찾아가고
요절한 박인환에게 김수영 얘기도
들어보면 충분히 흥분되겠지
그런 생각 접고 강원특별자치도에서는
특별히 임영웅을 검색한다
음악은 꿈이 그렇듯이
장르를 불문하고 내 사정에 맞게
나를 찾으셨나요? 그러면서
제때 알아서 찾아온다

어느 날은 내가 찾아나서겠지
한번도 작곡되지 않은 음악에
몸을 맡겨봐야지

이하 생략

기억에서
관계에서
이론에서 멀어졌다
황홀한 망각이다
설레는 거리
어제는 비가 내리고
오늘은 바람이 분다
내가 나를 모르는 계절이다
자유다 자유로워라
자유의 본질만 움직인다
지식도 문학도 기쁨도 멀어져
보이지 않으니 고요하다
나는 남이 되었다
자유다
나를 놓아준다

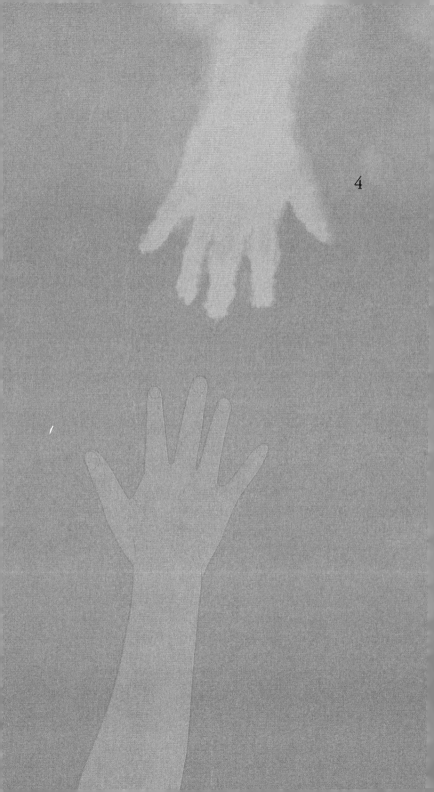

4

봄날의 시

여느 아침처럼 책은 읽지 않고
오늘은 예가체프를 마신다
어제도 예가체프를 마셨다
그제도 예가였던가?
(예가체프밖에 모른다는 사실을
이렇게 누설하는 방식)

이쯤에서 엔터키를 치고
행갈이를 하려는데
ai는 그냥 지나가는 게 좋겠단다
시가 원하지 않는 건 원하지 말자
그게 시적 윤리겠지

지난 봄에 썼던 시가 찾아와
봄꽃처럼 짧게 웃어주는 날이다

의문문인가 경탄문인가

산책을 나간다.
산책이란 번역어의
어색함을 뒤로하고
아니, 어색해서 좋은
이 말을 앞장세우고
흔히 가던 코스를 버리고
다른 길을 골라잡는다.
그때, 바로 그때
앞에서 오던 젊은이가
말을 건다.
선생님 아니세요?
나를 아시나요?
그럼요. 독잡니다.
아직 살아계셨군요.
진작 연락드리고
토크북이라도
열어드릴 걸 그랬습니다.
죄송합니다.
이런,
(몇 줄은 나를 위해

외로운 여백으로 비워둔다.)

토크는 무슨.

자칭 독자와 헤어지고

아다지오보다

반 박자 더 죽인 걸음새로

하루를 죽이러 간다.

아직 살아계셨군요.

의문문인가 경탄문인가.

나를 상상한다

노원롯데백화점 지하 식품 매장
나폴레옹 제과점 계산대 앞에서
잡곡 식빵값을 계산하려고 줄을 선다
쟁반에 단팥빵 두 개를 받쳐든 여자는
통화중이다 알바가 주차권 필요하냐기에
필요 없다고 대답했다
오늘은 빵가게에서 자고 싶다
바게트도 먹고 달콤한 케익도 먹다가
잠도 자고 꿈도 꾸고 깨어나면
가게 청소도 해주고 싶다
내가 이런 인간이 아니지만 오늘은 그렇다
어디 외딴 절집 마당을 쓸어줘도 좋겠다
갈 곳이 없습니다
하룻밤만 묵게 해주세요
밥도 얻어먹고 잠도 재워주겠지
일언지하에 쫓겨날 수도 있다
굶으면서 절집 마당을 쓸고 있는
나를 상상한다

저녁

라디오를 듣는다
나도 듣지만 스타벅스 커피잔도 듣고
일본제 연필도 듣고 리모콘도 듣는다
라디오는 세상의 모든 음악이다

음악은 먼 데서 저녁을 데리고
내 방까지 찾아와 근심걱정 없는
나를 위해 조용히 걱정한다
음악은 내가 지칠 때까지 방안을 돌아다닌다
내가 바깥에 나가 마른 줄기를 껴안고
겨울을 나고 있는 화살나무가족을 보고 있을 때도
음악은 주인 없는 방안을 채워놓는다
나는 나대로 음악은 음악대로
서로의 불을 켠다

벽 앞에서

나는 벽촌에서 태어나
벽을 보고 자랐다 그래서
나는 어쩐지 벽이다
밤이면 개구리 울고 낮에 피었던
산속의 참꽃이 마을로 내려와
개구리 등에 업히던 어린 날
나는 어둠과 바람을 만지며 잠들었다
이제 나는 아파트 벽 앞에서
커피를 마시며 시를 쓰는 사람이 되었다

내가 시를 쓰다니!
시를 쓰는 인간이 되다니!
나도 놀란다
나만 놀란다
나에게 시의 첫줄을 가르쳐주고
함께 시공부를 했던 동인들을 여기 모아 적는다
물소리 바람소리 뻐꾸기 늙은 고욤나무
여름날의 천둥소리 매미울음 그리운 문우들이여
지금도 아련하신가들
강원도 명주군 왕산면 목계리 535번지
나는 지금도 옛집의 바람벽 앞에서

시를 쓰고 있다
내가 시를 쓰다니!
나만 놀라는 시를 쓰다니!

시쓰기 전 손풀기

천둥 치는 밤이여
소낙비 쏟는 봄밤이여
갚지 못한 외상값 같은 봄밤이여
어금니 욱신거리는 봄밤이여
개미가 눈뜨는 봄밤이여
저문 사랑을 수정하는 봄밤이여
내 생을 통으로 부정하는 봄밤이여
갱년기가 수음하는 봄밤이여
막전철이 덜컹거리는 봄밤이여
갈아입은 속옷 같은 봄밤이여
망각된 소설가를 생각하는 봄밤이여
누군가 빗소리에 기대어 우는 봄밤이여
위자료 없이 이혼한 남자 같은 봄밤이여
중계동을 찾아온 봄밤이여
멋쩍은 시를 쓰는 봄밤이여
오직 실수하고 싶은 봄밤이여
어디까지 써야 하나
손가락이 아프다 오오
헛다리짚는 서글픈 모든 봄밤이여

희미해서 좋다

신청자가 없어 낭독회는
취소되었다는 서점주인의 전화를 받았다
남은 한 모금 커피를 마시면서
나는 고맙다고 말했다
고맙다는 내 말이 무슨 뜻인지
해석하다가 그만두었다

늦은 오후
당고개역과 별내별가람역 사이
긴 터널을 지나가며 야구모자를 쓰고
시집을 읽는 청년에게서 전해지는
먼 친척 같은 느낌이 희미해서 좋다
더 희미해도 좋다

시낭독회를 못하게 된 것이
서운한 것이 아니라 하지 않아도
아무렇지 않은 내가 서운할 뿐이다

그야말로 옛날식 다방에 앉아

누굴 기다리면서 읽은 글인데
출전을 못 찾아 그냥 쓴다
그러니 일종의 절취행위다
(저작권 문제로 고소당하고 싶다)
인용문의 출전을 알려주면 후사하겠다
술이면 술 밥이면 밥 뺨이면 뺨
사양하면 사양도 받겠다
나는 왜 이런 이야기에 꽂혀서
온종일 슬며시 일생이 기쁜지 모르겠다.
이것도 삽질이겠지.

당신이 작가가 되는 유일한 이유는 그래야만 하기 때문이다. 책을 냈고, 운이 좋아서 이 나라에서 북 투어를 다닐 수 있는 얼마 남지 않은 작가들에 속하더라도, 당신은 대부분의 시간을 아는 사람 하나 없는 도시, 바로 옆에 고속도로가 지나고 소독제 냄새가 나는 호텔 방에서 관객 다섯 명이 간이의자에 앉아있는 곳으로 낭독하러 갈 준비를 하며 보낼 것이다. 다섯 명 중 둘은 서점 직원이고, 둘은 당신의 먼 사촌이고, 나머지 한 사람은 노숙인으로 당신이 낭독하는 도중에 어기적거리며 나가버릴 것이다.

○
제목은 최백호의 것

흑백사진 같은

흑백사진 같은 시를 쓰는
당신에게 어쩌면 나에게
지나간 마음을 띄운다
꽃 피는 밤에 펼쳐놓고
읽어주길 바라면서

중얼중얼

돋보기를 벗어놓고
훌쩍여도 괜찮다 비로소 당신의
아니 어쩌면 나의 숨죽인 흐느낌이
만져질 것이다

여기는 간이역 창가
여기는 무허가 리스본 게스트하우스
여기는 마음의 공동묘지

청명이라지만

청명이라지만
나야 더 청명할 것이 없다
대신 의료원 영안실에 가서
두 번 절하고 고인과 작별했다
사는 게 잠깐이군
얇게 저민 문어를 씹으면서
괜히 산다는 생각
여기, 문어 한 접시 더 주세요
문어살처럼 밋밋하게 씹히는 게 있지만
대충 삼키고 일어서는 등뒤로
스님의 목탁소리 내 육신을 한 바퀴 돈다
五蘊皆空
이마에 떨어지는 여린 빗방울에
내 얼룩이 맑아지는 듯

시에 관한 거의 모든 것

비오는 봄날

곡우 지난 어떤 밤이었던가

지우고 다시 쓰려다

그냥 이어서 쓴다

비가 올 필요까지는 없고

혼자 조용하면 되겠다

라디오도 끄고 조명도 지우고

무소식의 침묵으로 앉아 있는다

랜턴을 들고 자기를 찾으러

문밖으로 나갔다는 소설가는 누구였던가

나는 그저 가만히 있는다

나 없이 살아보자

반복한다

나 없이 살아보자

어딘가 헤매고 있을 불쌍한 나를 만나

마음 토닥거려줄 날이 있을까?

서로 알아볼 수는 있을 것인가?

장담할 수 없구나

이 시의 가제목으로는

시에 관한 거의 모든 것이 적당하다

이유는 다음 시에 써볼 것이니
궁금한 독자는 조금 참아주시면 고맙겠다

그녀의 말이 아니었다면

절필할까 봐요
내가 말했다
그러세요, 조용히
그녀가 말했다

계속 쓰셔야지요
그렇게 말할 줄 알았는데
그녀는 다정하게 찬물을 끼얹었다

그녀의 말이 아니었다면
지금껏 쓰지 않았을지도 모른다
고맙다고 해야 할지
화를 내야 할지 모르겠다

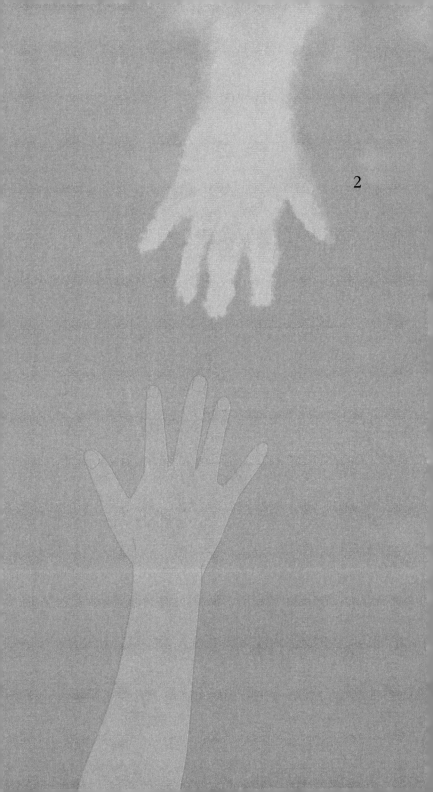

2

나는 끄적거린다

나는 쓴다
끄적거린다고 다시 쓴다
그게 옳다
쓴다는 한국어는 애쓴다는 동사까지
포함하는데 그것은 온당하지 않다
끄적거려야 한다
가려운 데 긁적거리듯이 말이다
정면을 정면으로 응시하는 일은
진실을 진실하게 떠드는 일과 다르지 않다

서론이 길었다
나는 끄적거린다 끄덕거린다
누구처럼 자신의 광기를 삼인칭으로
표현하지 못하고 일인칭의 증상을 일인칭으로
열심히 징징거릴 뿐이다
누가 알리?
시는 알겠지

시라면 시고 아니라면 아니다
시가 아니면 어떡하지?

그런 고민도 슬쩍 지나간다
손을 흔들어준다
시가 아니면 아닌 채로 그렇게
양아치처럼 지나가시라
시는 무엇인가?
새삼 오글거리는군
이 문장 옆에서 왜 민망스러운지
쑥스럽다 쑥
쑥대머리 같은 시나 쓰는 거지

내 약한 소망 하나는
100년쯤 살고 싶고 그때 절필하고 싶다
더 쓸 근육도 없고 증상도 바닥나고
한적하던 독자도 다 사라진 지평에서
끄적거림 자체가 한없이 싱거워질 때
늦었지만 늦었기에 늦었음을 즐기면서
시인조합도 탈퇴하고
빈손 탁탁 털어내고 바람에 젖는 거다
때를 놓치는 거야말로 나의 진심
60세 이상 출입금지 안내문 앞에서
빙그레 웃듯이 그렇게 웃으면 된다

그날까지는 지금처럼 *끄적끄적*
끄덕끄덕
쓰는 작업의 소용없음을 아끼자

나는 날마다 *끄적거린다*
순간순간에 매달려 *끄적거린다*
나무에 대해 바람에 대해 꽃에 대해
자연주의 시인인가?
침묵에 대해 마음에 대해 작별에 대해
인생파군 그렇지 않은가?
인생을 파본들 뭐가 나오는 건 아님
가만히 있을 수 없어 여기저기
파보는 일은 아름다운 수고다
Gateless Gate
내 생각에도 휘둘릴 때가 아니다
나와도 헤어질 시간
내가 문이다
나를 밀고 나가자

사월 마지막 밤

이런 날은 뭔가 있어야 한다
그래야 할 거 같다
뭔가 그윽한 뭔가가
그게 뭐라고 딱히 말하지는 못하겠다
나도 모를 뿐
몸에 스민 어스름을 쓸어내리며
구식 커피잔을 만져보는데
그립다는 형용사가 형체 없이 다가온다
그립다는 말도 그리워지는 때
다 저물지 못한 초저녁
텔레비전 먹방 채널을 열어놓고
빈 입을 다시며 쩝쩝거린다
이거다 그래
이거야

우선 커피를 마셔야겠다

오월이다
우선 커피를 마셔야겠다
이렇게 쓰면 내가 커피를 무척
좋아하는 사람으로 보일 것이다
나도 그런 줄 알고 사는데
사실은 그렇지 않다
커피 없이 한 열흘 살았는데
커피는커녕
아무 생각도 나지 않았다
내가 고장났나 싶었으나 그런 나를
나는 손수 칭찬한다
커피중독 음악중독 활자중독
그런 시시하고 따분한 중독에
중독되지 않는 중독도 있나 보다
그게 나일지도 모른다
우선 커피를 마셔야겠다
오월 첫날이다

시에 무슨 성공이 있겠는가

시를 쓴다는 것
그건 일종의 퍼포먼스다
써도 써도 끝나지 않는 여정이
눈앞에 휘황하게 도사리고 있다
날마다 문자판을 두드리지만 시는
시일 뿐 말이 시다
어떻게 써도 손에 들어오지 않는
그것이 나에게는 시다
빌어먹을 빌어먹을
그것이 나에게 막연한 축복이다
가상의 적을 향해 낡은 창을 들고
길을 나서는 고독한 편력기사의 신념을
내것으로 삼고 쓴다
실패하면서 의연히 다시 쓴다
시에 무슨 성공이 있겠는가
쓴다고 가정된 주체라고 가정하면서
문자판을 어루만지고 있을 때
낯선 하루가 밝아온다

독주자

강릉에서 또 혼자라는 걸
나에게 대놓고 강조하려는 듯
자정 지나가는 길목에 라디오 볼륨을
왕창 올리고 사월을 보낸다
탄생 백주년 새드 존스
이런 인물이 있었나?

1956년에 녹음된 그의 트럼펫이 밤하늘을 가른다 2016년 독립
출판사 오비올에서 찍은 산문집 『오는 비는 올지라도』를 꺼내
듬성듬성 읽으며 남의 책인 듯 밑줄을 긋는 재미도 있다 내가
이런 책도 썼구나 가끔 눈에 띄는 오자는 고칠 길이 없어 윙크
만 보낸다
한봄밤을 지르는 트럼펫 독주자가 있듯이
나는 시 독주자였어 이러고 노는 사이
눈썹 위로 사뿐 오월이 내려앉았다
더는 사월이 아니군!
갑자기 아무데나 전화하고 싶은 충동
이 시간에! 대신
음악을 한 칸 더 올린다

마음 없이 산다

허름한 주막으로 오시게
거기서 기다리겠네
허름하지 않아도 괜찮고
산전수전 다 통과한 주모가 없어도
괜찮을 것이야
이가 맞지 않는 창문 틈새로 줄지어
들어오는 바람은 마음갈피에 담아두면 되지
간판도 없는 주막집이야
생각도 없이 마음도 없이
음악 끝난 뒤끝처럼 앉아 있는 거지
주모가 늦둥이 젖먹이러 간 사이
꿈결인 듯 술잔 앞에서 깜빡 졸고 싶군
눈앞을 스쳐가는 왕년의 시들
그도 시들시들하겠지
까맣게 잊었던 마음들 제멋대로 돌아와
한꺼번에 수런거릴지도 모르지
그냥 두는 거야
그때쯤 자네가 와서 나를 흔들면
닫아두었던 마음 밖으로 나가게 되겠지
눈송이 펄펄 날리는 겨울

강원특별자치도 산촌이면 좋겠다는 상상
자네가 손으로 머리에 얹힌 눈을 털며
웬 눈이 이래 쏟아지나
그렇게 말하는 얼굴을 보는 것도
싫지 않은 서늘한 기쁨이겠지
음악 같은 건 물론 없으니
마음은 금 간 바람벽에 걸어놓고
지나가다 들른 바람소리나 들을 거다

막다른 골목에서

폐업한 미용실 창문에 붙어서
외설적으로 펄럭이는 메모지
매주 월요일 휴무

한꺼번에 피어버린 장미다발이
대낮 여관집 현관문을 덮친다
출입구에 박힌 붉은 문장은 다정하게
어서 오세요
밀고 들어오라고 손짓한다

비올 확률은 20% 이하
구름 조금 낀 서울 동북부 전철역 근처
미세먼지 속에 내가 있다
콧수염을 깎지 않고 유튜브 강의를 녹화하는
초로의 정신분석학자가 오늘따라
위태로워 보인다

부질없음에 대하여

짜증나지요 그렇습니다
밤중에 깨어 시를 쓰고
어디까지 잤는지 몰라 처음부터
다시 잠을 부르는 어지러운 밤처럼
시쓰기는 부질없는 짓이지요
그런 줄 번연히 알면서도
부질없고 싶은 욕심을 못 참고
깨어나 시를 두드리는 밤
키보드 달그락거리는 신음소리에
시가 깨어난다면 좋겠지요
천둥 치고 비가 쏟아지는 창밖
저 우주의 바깥을 내다보면서
부질없음을 건너가지요
소용없는 하염없음!
나는 시적 인물은 아닌가 보다
책상 위에 놓인 한 컵을 마시고
정신을 차리기로 합니다

밥통

어태 시를 썼지만
시에 대해 무얼 알겠어?
자랑질인가?
일말의 자부심이다
시인 척
괜히 시라는 듯이
끄적거렸지만
엉성한 연극이었어
사기극인 거지
그러지 않고 어떻게
시를 쓰겠어
시 비슷하면 된 거지
무얼 더 바라겠어
C급 정서이자 계륵같은
키치였다구
시가 뭔지 모르면서
그 정체를 알고 싶지 않은
나 같은 물건이야말로
밥통이지 외로운
밥통

오래된 시집

시를 읽는다
잊었던 일 다시 잊기 위해
서가에서 잠자던 시집을 깨우고
그새 좀 늙은 시를 읽는다
잘못 읽어 한 줄 건너뛰었지만
이건 시니까 돌아가지 않고
다음 줄을 읽는다
지나간 것은 지나간 것이다

묵은 시집이라 죽은 활자도 있고
어떤 페이지는 아예 사라졌다
그러면 어떤가 다 꿈인데
시집을 덮는다
다 지나간 일이다
모두 지나간 일이다
되돌아가는 길은 없다

그러니까 그 나이였어

그러니까 그 나이였어

아마도 대충 그 나이였을 거야

시가 슬슬 재미없어지고

시가 삶의 기둥도 뿌리도 아니라는 것을

눈치 챈 것도 아마 그 나이였을 거야

시는 열정도 꿈도 아니었어

신념도 소망도 아니었을 거야

누구는 내 말을 우습게 듣겠지만

그건 뭐 그 사람 생각이니까

72

내 생각을 내가 떠들어대는 거랑 같은 거지

시가 뭐야?

서정? 서사? 전통? 실험? 순수? 참여?

양심? 고뇌? 진정성? 좀 그렇지 않은가.

촌스럽다

와, 그런 말에 속았던 나를

다시 속이고 싶어서 근질거린다

시론의 몇 줄, 번역된 문학개론서를 읽으면서 피를 데웠고, 청춘을 다스렸던 때도 있었지 원로시인의 시를 필사하면서 그분의 혈통이라 믿으면서 200자 원고지를 구겨대는 날은 왜 없었겠는가 머리칼을 쥐어뜯으며 파지를 큰 수확으로 여기면서 말이지

밤은 깊었고 새벽은 아직 오지 않은 그 시간에 마치 세상을 다 가진 듯도 했지 그때는 그랬어 지금은? 지금은 물론 아니지 세상에 시쓰기처럼 쉬운 건 없다고 단언한다 눈곱 하나 떼어내는 일보다 쉽다 시쓰는 기술은 벽에 못 박는 기술에 미치지 못한다 이건 참말이다 고결한 정신 같은 수사학에 물든 헛소리에 홀리지 말자

그런 줄 번연히 알면서 시를 쓰고 있는 나는

참 얼마나 한심한가 말이다

카프카처럼 외롭지 않으면서

아니, 거의 외롭지 않으면서

나는 단지 쓰고 있다

나는 더 쓸 것이 없다는 것을 쓰고

썼던 시 고쳐서 다시 쓴다

다시는 볼 수 없는 사람

1호선 신도림역 5번 출구
현대백화점 앞에서 진심만으로
한여름을 피워내고 있는
배롱나무꽃을 보고 있을 당시
약속한 문학박사가 등뒤에 와 있다

우리는
지하식당에서
낙지비빔밥을 먹으며
별다방에서 커피를 마시며 다시는
다시는 볼 수 없는 사람에 대해 그가
남기고 간 적들에 대해 얘기했다
나는 그에 대해 무엇을 아는가

(그렇게 두어 시간 흐른 뒤)
대충 번역된 시집의 행간 같은
전철역 계단에 서서
여전히 오지 않을 사람을 기다리며
경로카드를 만지작거리는 한 사람
누구는 가고 누구는 남아도는 이 연극도

어이없는 뜬소문으로 막
막이 내리고 말겠지
암,
입 다물어야겠다

그

그의 시를 못 본 지 오래다
십년? 더 된 듯하다
잘 나가던 시인이다
오늘은 그가 궁금하다
진정한 시인이라면 흔적 없이
증발되었을지도 모른다고
중얼중얼
여기저기 수소문했더니
그는 잘 살고 있다고 전했다
순간적으로 암전되는 느낌적 느낌!
서가에서 그의 시집을 뽑았다
모르긴 몰라도
그를 다시 읽을 일은 없겠다
健幸을 빈다

시인의 뒷말

*

봄은 길지 않다.
우선 커피를 마셔야겠다.

*

시 한 줄 쓰고 잠든 밤.
나는 아직도 무엇을 기다리고 있는가.
나에게 묻지만 무엇이 그것인지 나는 모를 뿐이다.

오에 겐자부로의 부음이 전해졌다. 88세.

타계한 뒤 열흘이 지나서야 출판사측을 통해 그의 죽음이 공식적으로 공개되었다. 유족들은 가족과 몇몇 지인들만 장례식에 참석하게 하고 싶었기에 공개적으로 발표하지 않았다고 한다. 1935년생인 작가 세대들은 거의, 다 침묵에 들었다. 더는 읽고 쓰면서 책상 앞에 앉아 있기 힘든 세대다. 그런 자각이 밀려왔다. 작가의 책 『읽는 인간』이 기억난다. 읽은 지 오래 되었다. 특별하게 기억나는 대목은 없다. 기억을 지우고 간 시간의 흔적만 남아 있다. 그 책 목차에는 '에드워드 사이드' 다시 읽기가 있다. 나는 이제야 에드워드 사이드의 『말년의 양식에 관하여』를 읽고 있다. 내가 이 책을 읽는 것은 무슨 소용일까. 그냥 읽어나가는 것이다. 하염없이 읽고 쓰면 된다. 보상은 읽는 일이고, 보상은 쓰는 일이다. 그것이면 된다. 나에게 글쓰기는 삶을 대면하는 방편이다. 오에는 소설가인지라 소설을 비중 있게 읽었지만 시도 많이 읽었다. 시란 무엇인가. 아주 수구적인 문장이다. 시는 어떻게 가능한가. 시는 있는 것이 아니라 있어야 하는 무엇의 결여 형태이다. 무엇이 시인가 라고 물어야 윤리적인 문장이 시작된다. 더 쓰면 거덜이 난다.

무지의 벽이 기다리고 있다.

미친 척 봄길을 오래 걸어야겠다.

*

내 시를 한국어 원문으로 읽는 독자들은 행복하다.

프랑스어나 중국어 번역으로 읽으면 더 좋을지 누가 알겠는가.

*

주문을 망설이고 있는 책.

앤디 왓슨(김모 옮김)의 『북 투어』. 책값 20,000원. (이하 알라딘에서)

영국의 인디 소설 작가가 새 소설이 출간되자 책을 홍보하기 위해 서점 투어를 시작하는데 팬 사인회에는 한 명의 독자도 찾아오지 않고 자꾸 이상한 일들이 벌어진다는 그래픽 노블. 카프카적이라는 한 줄 평도 있다. 홍보용으로 올려놓은 그래픽에서 다이얼로그만 골라 타이핑한다.

밖에… 시위하는 분은 누…누구세요?

아, 이런저런 걸 반대하는 분이에요.

뭘 반대하는지는 모르겠네요. 물어본 적이 없어서.

그렇지만 커피를 권하면 그건 거절하지 않더군요.

아니 에르노는 '작가', '글쓰기'라는 단순한 용어만 고집했다고 한다. 예술, 문학, 소설, 자서전, 오토 픽션과 같은 것으로 호명되길 거부했다. 기존 장르의 관습에 자신을 포함시키고 싶지 않았다는 뜻이 된다. 교수이자 작가였던 그가 자신의 성적 체험을 소설로, 소설이라기보다 수기로, 수기보다 더 날 것으로 읽히는 글쓰기를 보여준 점에서 이해가 가는 대목이다. 소설이라는 관습에 대한 반발이면서 소설에 대한 근원적 물음을 새롭게 물었다고 본다. 작가라는 호명에는 아니 에르노 같은 길이 포함된다. 작가와 소설가는 같은 말인가? 그렇게 생각하는 사람도 있고 다른 뉘앙스를 감지하는 사람도 있을 것이다. 소설가는 소설 쓰는 사람이다. 톨스토이, 제임스 조이스 같은 이름을 떠올리게 된다. 작가라고 해도 크게 다르지 않지만 소설가에서 감지되지 않는 여분이 남는다.

글쓰기가 문학하는 사람들의 손을 벗어나 원하기만 하면 누구나 글을 쓰는 시대가 되었다. 그런 부류의 사람들이 자기를 자칭 작가라고 호명한다. 어색하지만 그건 또 그것대로 힘을 발휘한다. 이제는 그 어색함도 제도가 되었다. 정치칼럼니스트도 작가의 반열에 들었다. 작가라는 명칭은 글쓰기의 다양성을 포괄하는 관용성이 있다. 더러 혼동을 주기도 한다. 지금은 거의 죽은 말이지만 한때는 프리랜서라는 직군도 있었다. 괜찮은 말이지만 직업 없는 부류에 대한 별칭으로 사용되기도 했다. 우리나라에서 통용되는 작가의 용례는 광범위하다. 그래서 어떻다는 말은 하지 않겠다.

아니 에르노가 고집하는 '작가'에는 글쓰기 주체의 해방감이 포함된다. 시를 쓴다거나 소설을 쓴다는 문학적 규범에 묶이지 않겠다는 실천적 선언이다. 그의 소설(?)『단순한 열정』은 아니 에르노의 글쓰기를 명확하게 드러낸다. 소설은 이러저러 하다는 일반적인 생각들을 흔들어놓는다. 이 정도가 소설이라면 누구나 소설 한 편쯤 쓸 수 있겠다는 욕망을 자극한다. 실제로 써보면 다르겠지만 읽는 순간은 그렇다. 아니에르노는 작가라는 명칭을 고집할 수 있다. 글쓰기라는 말도 독점할 수 있어 보인다. 시인도 작가라는 명칭이 어울리는가. 시쓰기라고 하면 시인은 끝나는데 글쓰기라고 할 필연성이 있을까? 나의 이런 생각도 시효성을 상실했다. 다시 말하겠다. 소설가면 어떻고 작가면 어떻고 시인이면 어떻고 수필가면 어떤가. 어떠면 어떤가. 그들이 직면하는 **현실**은 소설을 위해서 있는 것도 아니고 시를 위해서 있는 것도 아니다. 현실을 어떤 개념 속으로 소집해보는 것 뿐이다. 좌향좌, 우향우, 헤쳐모여. 이것만이 중요하다.

썸은 무슨 뜻인가. 모른다. 모르면서 쓰는가. 그렇다. 뻔뻔하지 않은가. 그렇다. 뻔뻔스럽지 않고 어떻게 시를 쓰겠는가. 다시 묻는다. 썸은 무슨 뜻인가. 다시 답한다. 그냥 써 본 말이다. 말이란 본디 그런 거 아닌가. 말은 우연히 그 자리에 있는데 지나가던 의미가 우연히 달라붙은 원나잇 같은 것. 마치 운명적이라는 듯이 서로에게 엉겨 붙은 것. 독자의 뇌피셜은 썸의 합계를 더 오리무중의 골목으로 데려간다. 썰이군. 모호성, 추상성, 불명확성과 같은 의미의 결정불가능성이야말로 언어의 썸이다. 그것을 그것이라 말해도 그것에 이르지 못하는 언어의 슬립은 언제나 혼란스럽다. 거의 영원히, 우리는 그런 순간을 살아가야 한다. 반은 거짓말로 반은 참말로.

84

*

시는 늘지 않지만 키보드 작동 기술은 하루가 다르게 손에 익는다.

그나마 감사할 일이다.

여기 앉아. 먼저 앉은 경로가 다른 경로에게 말한다.

괜찮아. 몇 정거장 가지 않는데 뭐. 그는 앉지 않는다.

서너 정거장 가야 돼. 앉어. 경로가 다시 말한다.

괜찮아. 그는 계속 서서 간다.

경로는 옆자리 경로에게 말한다. 나는 집에서도 앉아 있지 않아.

눈만 뜨면 나가. 동네 골목을 여기저기 돌아다니지. 그게 좋아.

오사카에서도 그랬어. 골목을 이 잡듯이 돌아다녔어.

경로 세 명은 을지로에서 내렸다.

나는 그들이 비운 경로석을 바라본다.

그들이 비운 자리는 그들이 있던 자리다.

있었지만 있었다고 할 수 없는 실루엣은

진정한 무념무상의 자리다.

살찐 이데아를 껴안고

날마다 셔플댄스를 추고 있을 당신에게

내 시 속의 구름택배 한 상자 보냈습니다.

*

김윤식은 정년퇴임 무렵의 한 특강에서 말했다.

'평생을 식민사관 극복을 위해 바쳤는데 그게 될 때쯤에는 그런 게 아무 의미가 없는 세상이 되어 있더라'고 말한 듯. (김익균 페북)

말년의 평론가 김윤식에게 물었다.

(문학이 다 망해 가는데) 문학에 평생을 바치신 걸 후회하지 않으세요? 김윤식은 대답했다. 아니오. 후회도 그런 것도 없고, 그냥 그렇게 되고 말았어요. 가끔 답답하면 서머셋 몸의 서밍업을 들춰보는데… '비평가'에 대해 이렇게 써놨더만. '인간이 훌륭해야 된다.' 아니 비평보다는 인간이 훌륭해야 된다니 이 무슨 말인가 말이야. 내 짐작으로는 아마 시대에 뒤떨어지면 그냥 사라지라, 없어지라 그런 뜻이 아닌가 싶어. 안 그런가? (자기가 작가니까 그랬을까요?) 근데 작가에 대해서는 이렇게 써놨어요. 작가가 아무리 굉장한 글을 쓰더라도 그 책의 생명은 3개월 밖에 없다는 거야. 시장에서 도는 건 3개월 밖에 없다는 거야. 그러면 돈 때문에 쓴 것도 아니고, 뭐 인기 때문에 쓴 것도 아니고 결국 뭣 때문에 쓴 거냐. 결국 자기 만족 밖에 없다는 거야. 이렇게 맞춰보니까, 아…, 이게 이런 뜻이구나. (이상은 최재봉의 인터뷰에서) 평론가의 방에는 그의 손때가 묻은 책들이 쌓여 있다. 창 너머로 한강의 흐름이 보이고 노평론가의 실루엣이 어른거린다.

시에 무엇이 있을 것처럼 달려와서 마주치고 있는 현실.

자기 시대를 상실한 문학은 어떤 포즈를 잡아야 하는지 자문.

1) 쓰기를 멈춘다. 2) 모르는 체 계속 쓴다.

1)이 답이라고 믿고 쓰기를 단념한 작가들이 있다. 평온한 시간을 보내며 삶을 관조하는 것이 나빠야 할 이유는 없다. 대개의 문학적 열정도 이러한 결론으로 숨어버린다. 퇴물 작가는 입을 닫는 것이 옳다. 그런가? 그런가 하면 2)도 답에서 제외되지 않는다. 작가는 쓰는 존재다. 쓰다가 사라져야 한다. 쓰지 않는다면 더 이상 작가가 아니다. 그는 마지막까지 어떤 작가적 모습을 보여주었는가. 한국문학은 그런 좋은 선례를 거의 보유하지 못하고 있다. 작가는 하염없이 써야 한다. 일당을 못 채운 늙은 숙련공처럼 형광빛 조명 밑에서 자판을 두드려야 한다. 과연 그런가?

*

시에도 완성이 있습니까?
자판에서 손 떼는 순간이겠지요.
그렇겠습니다.
여러 번의 수정은 완성을 여러 번 수정하는 겁니다.
여러 벌의 완성이겠군요.

파도가 밀려옵니다.
세계가 밀려오는 거지요.
오다가 돌아가는 파도도 있군요.
그렇습니다 (반복).
파도도 자신의 완성을 수정하겠지요.
여러 번 그렇게 여러 벌.

*

시가 보이지 않는다.
우선 커피를 마셔야겠다.

*

세상에 나쁜 시는 없다. 나쁘다 좋다는 판단은 무용하다.
나는 스스로 그런 기준을 폐기한다. 시의 좋고 나쁨은 누가
결정하는가. 싱겁고 우스운 얘기다. 세상에 나쁜 시는 없다.
많은 시가 있을 뿐이다. 그 많은 시는 각자의 아가미로 숨을
쉰다. 그것을 방해할 수 있는 권능은 누구에게도 없다. 모두
자기 분별이라는 잣대를 통해서 시를 본다. 자기 생각은 자기
생각이다. 자기 생각의 권위는 자기에게만 귀속된다. 좋은 시
는 스스로 좋은 시이고, 나쁜 시는 스스로 나쁜 시다. 무슨
말인지는 시에 관심 있는 체 하는 사람들이 알고 있다. 누구
에게나 좋은 시는 없다. 내가 읽고 싶은 시가 좋은 시다. 내
가 다시 읽고 싶은 시가 좋은 시다. 내가 정말 좋아하는 시
를 말하겠다. 예컨대.

*

시를 읽고 마지막 줄이 좋았다는 말을 들을 때가 있다.
마지막 줄만 쓸 걸
그러면서 후회하는 일이 그때만은 아니다.

*

한 가지 이유로 박경리를 존경한다. 그는 예술원 회원이 아
니다. 또 한 분의 작가는 최인훈이다. 그도 예술원 회원이 아
니다. 누군가가 지켜야 할 자존심을 두 작가가 지켜주었다.
지금이야 자존이고 나발이고 그런 체면도 옛말이 되었지만
말이다. 작가는 많고, 좋은 작품도 많지만 저간의 사정은 이
러하다. 이제부터 작가는 엔터테이너이거나 문학적 기능 담
지자가 된다. 그렇게 진화하고 있는 형태에 대한 반감은 없
다. 뒷세대는 모르겠고 내 앞에 서 있는 작가들에게는 그나
마 얼마간의 기대가 있었는데 그런 기대도 기대로 끝나고 있
다. 논평가들이 빨아주는 작가가 좋은 작가가 아니라 역시
내가 읽고 싶은 작가가 좋은 작가다.

*

아무도 관심 없는 글을 열심히 쓰고 고치고
다시 쓰는 작업은 숭고하다. 왜냐하면
숭고할 수밖에 없기 때문이다.

끔찍하고 슬픈 일이다.

이 대목에서도 커피를
한 모금 마셔두어야겠다.

*

그대와 나 사이에 긴 강물이 흐른다.
거기에 종이배 띄워놓고 휘파람 분다.

거의 수사학적인 삶이 여기 있다.

수사를 걷어내면 곧 허물어질 단독주택 같은.

*

어제 쓰다가 버린 시.

다음 생에 다시 쓰기로 하고

오늘은

우선 커피를 마시자.

*

집사람 모르게 또 책을 낸다.

글을 쓰는 일보다 더 복잡하고 무모한 일이다.

내가 할 수 있는 일이 이것밖에 없다는 듯이, 운명이라는

듯이 과장하면서. 나의 심산유곡 어리둥절에 절한다.

*

내가 빠져나온 무의식의 입구를 찾지 못해
불꺼진 동네 골목을 서성거린다.
하루 이틀 사흘
누가 나를 알아볼 것만 같다.

어디로 갈 것인가?

무슨 화두 같다. 화두 비슷하다.

자다가 깬 머리맡에 던져진 문장이다. 새벽 세 시. 새벽
은 아니다. 한밤중이다. 잠의 도중에서 깨어났다. 어디로 갈
것인가? 이 문장이 잠의 수면에서 떠올랐다. 「삼포가는 길」
에 캐스팅 된 떠돌이 노동자 영달이의 난감한 화두 같다. 어
디로 갈 것인가? 잠결에 들은 강신주의 『무문관』 강의. The
Gateless Gate. 한문보다 영어 번역이 맛이 있다. 문 없는 문.
문이 없다는 말인지 문이 있다는 말인지 헷갈린다. 문이 없
다고 생각하다가 문이 있다고 생각한다. 고쳐서 생각한다. 벽
이 문이다.

문이 없는 문.

문이 없지만 문이 있다는 듯이 살아야 한다. 없는 문도 문
이라고 생각하며 살아야 한다. 생은 그렇다. 生은 소(牛)가 외
나무다리(一) 위에 선 형상이다. 절묘하군. 나는 다른 생각의
개입 없이 저 한자어 파자에 동의한다. 저것은 철학이 아니
라 시다. 철학이나 시나 고민의 궁극은 다르지 않다. 외나무
다리를 지나가는 것이 일생이다. 비바람과 소정의 고뇌와 계
량이 안 되는 욕망을 견디며 지나가야 한다. 인생이 감당해
야 할 감미로운 빚이다. 외상값이 있어 죽지도 못하는 삶이

다. 누구나 죽는다. 그러나 누구나 산다. 없는 문을 두드리면서 살아간다. 그게 문이다. 벽을 문이라 여기며 산다.

폰에서 빗소리가 쏟아진다. 녹음된 빗소리다. 2분만에 잠들게 한다는 빗소리. 일본풍의 집들이 보이는 운하가 빗소리의 배경이다. 나뭇잎들이 푸른 것으로 보아 한여름이다. 빗소리는 어떻게 들어도 정신을 축여준다. 헝클어진 몸속 세포들을 제자리로 옮겨준다. 어떤 환상과 어떤 추억과 어떤 몽상이 한자리에서 구분 없이 움직인다. 새벽 세 시에 녹음된 빗소리를 들으면서 철학에 젖을 수도 있구나. 놀라웁다. 빗소리에 젖으면서 나는 어딘가로 가고 있다. 그곳이 어딘가는 모른다. 삼포로 가는 듯 하고, 무진으로 가는 듯 하다. 두 장소 다 지도에는 없는 곳이다. 그런데도 그곳은 실제의 지명보다 더 생생하다. 그곳에 가면 무엇인가 일어날 것 같다. 나를 감싸줄 빗소리 같은 환상이 기다릴 것 같다. 빗방울이 옷을 파고 들어 몸으로 흘러내린다. 빗방울보다 빗소리에 더 젖어든다.

빗소리
빗소리
빗소리

이 밤중에 깨어 혼자 빗소리듣기모임 임시총회를 하고 있다. 삶이 스스로 자각되는 순간이다. 새벽 빗소리가 철학과 시를 깨우는 순간이다. 새벽 시간에 시를 생각하는 일은 미친 짓이다. 우스운 노릇이다. 어떻게 더 시를 생각한단 말인가. 그보다는 내 시쓰기를 반성하는 게 옳다. 나는 내가 쓰고 싶은 시를 썼던 것일까. 내가 쓰고 싶었던 시는 어떤 시였던가. 나는 습작청년처럼 마구 반성한다. 헝클어진 머리로 책상에 앉아 파지를 방구석으로 던져버리는 배역을 재연한다. 이것이 아니다. 이것이 아니다. 반성은 반성을 반성한다. 내 시는 내 삶의 대용물(代用物)이었어. 저렴하고 손잡이가 없는.

    다시 시를 쓴다면

    과거에 쓴 내 시에 대한 부정이거나 손절이 되겠지.
    내 시에 대한 희망고문이 될 것이다. 내게는 언어의 재고, 문장의 재고가 없다. 나는 내 안에 일어난 산불을 끄다가 지쳤다. 산불을 끄기 위해 내가 동원한 인부들 즉 나의 언어도 지치고 바닥이 났다. 다시 살아나는 잔불을 보면서도 어쩌지 못하고 있다. 이 지점이 시라고 여기지만 속절없이 관망만 한다. 이또한 내가 당면한 시다. 시낭독회에 갔는데 청중이 한 명도 없어 그냥 돌아서는 순간의 정적을 나는

    내 시로 환원한다.

내담자가 분석을 받고 나오면서 말했다. 선생님, 이렇게 저를 잘 이해해주셔서 너무 고맙습니다. 그리고 분석실 문을 닫고 나온다. 그는 말한다. 흥, 지가 어떻게 내 무의식을 이해한다는 말이야. 말도 안 돼. 그런가 보다. 무의식은 이해되는 영역이 아닌가 보다. 시도 그렇다고 말하고 싶다. 시는 우상이다. 시라는 가치가 우리를 억압한다. 우상은 깨어져야 한다. 좋은 시, 잘 쓴 시라는 헛소리에 독을 풀어야 한다. 시는 이해나 소통의 영역이 아니다. 단지 그렇게 쓰여지면서 시를 쓴 주체를 해방시킬 뿐이다. 독자의 이해체계 속에 들어가면서 시는 독자에게 종속된다. 라캉의 글쓰기가 어려운 것은 우연이 아니다. 소화되지 않는 음식물처럼 뱃속에서 우리를 괴롭혀야 한다. 시의 효과는 그 다음부터다. 독자를 다른 세계, 다른 장면으로 이동시킨다. 시는 마침내 상식과 평균, 관습과 고정관념에서 벗어나게 만들어준다. 네, 그렇습니다의 세계에서 뛰쳐나와 '아니다 그렇지 않다'(김광규)고 외치는 것이 시의 길이다. 시론의 본론, 평론가의 각주, 선생님의 지도말씀에 코웃음을 쳐야한다. 그렇습니다. 시 근처에서 쓰러져 있는 언어의 잔해들이여.

*

네비가 가리키는 대로 갔더니 잘못 간 길이었다.

조금, 조금 더 돌아서 아산병원 지하 4층에 주차했다.

집사람 백내장 수술 다음 날.

풍납동 흰 철쭉 피다.

네비를 용서하다.

2층 안과 보호자 대기석에서

오규원 시인이 1999년 김병익 평론가에게 준 서명을 보다.

시보다 더 시 같은 육필이었다.

시가 따로 있는 게 아니더군.

*

읽는 일도 쓰는 일도 헐거워졌다. 맛이 없다. 밋밋하다. 그
저 그렇다. 읽어도 그만 안 읽어도 그만이다. 천천히 그리고
갑자기. 어떤 글을 읽어도 무언가는 끌려오지 않는다. 욕망
이 작동하지 않는다. 글쓰기의 우울증이라고 진단하지만 간
단히 말해서 늙었다는 말이 된다. 나는 고개를 끄덕거린다.
어느 쪽이든 마찬가지다. 글쓰기를 접고 문단의 이면으로 숨
어버린 문필인들이 부러우면서 일말의 부끄러움이 밀려온다.
귀하는 아직도 뭘 그렇게 쓰고 계십니까? 그런 조롱이 날아
온다. 할 말이 없다. 에토 준처럼 자살할 용기도 없다. 납작
엎드려서 미련하고 얍삽하게 견디는 것이다. 이런 태도도 글
쓰기의 영도가 되지 않을까. 까놓고 말해서 나 역시 더 쓸 말
은 없다. 그러면서, 그런데도 쓴다. 하염없이 자판 앞에 구부
리고 앉아 쓴다. 갸륵한 핑계는 있다. 문학사까지는 아니더라
도 비평가들이 지정해주는 자리가 있는 문필가들은 쉬어도
되지만 나처럼 행상의 지위에 있는 문인은 더 써야 한다. 과
장하자면 그건 일종의 업이다. 그래서 쓴다. 사실 이런 우스
운 핑계를 덮어버리는 이유가 있다. 그것은 본질적이고 궁극
적인 이유로 욕망의 빈 구멍을 메우는 일이다. 나에게 글쓰기
는 밑 빠진 독에 물 붓는 일이다. 가정법이지만 내가 소설을
쓰는 사람이었다면 벌써 명예퇴직을 했을 것이다. 소설이라
는 장르적 압력이 그렇다고 나는 본다. 그러나 나는 시를 쓰
는 사람이다. 시는 운명적으로 끝이나 완결성이 없다. 한 줄

을 쓰고 나면 다음 줄이 기다린다. 그게 시다. 그러므로 시쓰기는 끝이 없다. 이것이 시쓰기의 슬픔이자 기쁨이다. 나는 쓰고 싶어서 쓰는 게 아니다. 손이 쓰고 있다. 손가락이 시를 불러들이고 있다. 그게 시인지 아닌지 나는 판단하지 않는다.

*

홍상수의 29번째 영화, '물 안에서'. 봐야겠지.

이 관성은 뭣이냐. 시네필도 아니면서. 그러게.

저기 흰머리 한 명 적막하게 앉아 있군.

그의 영화는 '항상 같고, 항상 다르다'. 그의 카메라는 그의 만년필이다. 항상 다른 부분은 생략하고 항상 같은 부분만 보고 오자. 매표소에서 주민증을 내민다. 좁은 박스에 갇혀서 독립예술을 팔고 있는 아직 늙지 않은 청년. 경로 한 명 주세요. 육천 원입니다. 영수증 드릴까요? 아니오. 정동에 비가 내린다.

*

너무 말이 된다는 사실만 제외한다면
선생의 시도 그런대로 충분한 편이겠지요.
(가상 독자의 댓글)

또 쓴다. 근무 중이다. 내 글쓰기는 막다른 골목에 다다랐
다. 그런 줄 알면서, 쓰지

않아도 되는 글을 쓰고 있다. 서글픈 기쁨이자 기쁜 서글
픔이다. 삶이 온통 출렁거린다. 글썽거린다. 내가 쓰는 글에
무슨 의미가 있다고 생각하지는 않는다. 전에도 그랬을 것이
고 지금도 그렇다. 지금은 더 그렇다. 의미가 없어서 의미가
없는 것은 아니다. 의미의 과잉이 무겁고 덧없다. 쓰지 않고
는 배길 수 없다는 문장은 나에게는 기만적이다. 쓰지 않아
도 살 수 있다. 아무렇지가 않다. 쓰지 않아도 평화는 유지된
다. 내가 쓰지 않아도 한국문학이 여전히 돌아갈 것 같은 불
안감을 달래려고 쓴다. 원고 마감에 시달리는 작가처럼 나는
쓰겠다. 첫 문장을 쓰고 다음 문장을 기다리는 공백의 순간
을 즐기겠다. 이제야 나는 솔직해졌다. 그리고 생각의 균형이
잡힌다. 내 글쓰기의 마지막 날에는 친구들을 부르자. 그들
앞에서 글을 읽을 것이다. 연민 어린 귓구멍으로 내 문장을
들어줄 사람은 누구일까? 아마도 없을 거다. 몇은 가는귀가
먹었을 거다. 내 말이 들렸다 안 들렸다 하겠지. 너무 멀리 있
어 오지 못하겠지. 아무튼 축하한다고 내게 전하겠지. 어쩔
수 없이 나는 손수 내 글을 읽을 것이고 그리고 객석으로 돌
아가 내 글을 경청할 것이다. 좀 분주하겠지. 박세현 씨가 낭
독하겠습니다. 무대랄 것은 없고 나의 엉덩이자국이 묻은 의
자에 앉아 글을 읽는다. 그의 문장은 글이 아니라 희미한 시

냇물 소리 같고, 늦가을에 드물드문 산촌을 적시는 빗소리처럼 울린다. 그는 글을 읽는 것이 아니라 우는 것이다. 울음은 그의 문장에 스미지 못하고 덧나버린 자국이다. 나는 또 쓴다. 달리 무슨 일을 할 수 있겠는가. 이상. ㅎㅎㅎ

*

　나 같은 '어설픈 시인'은 시를 줄여야 한다.

　시를 그만 써야 한다.

　솔직하자. 나는 쓸 것이 있어 쓰는 게 아니다. 소명의식으로 쓰는 것도 아니다. 홍, 소명의식 같은 소리하네. 그럼 뭐냐. 뭐지? 시를 밥 먹듯이 쓰는 리유가 무엇이냐. 나도 모른다. 내가 그 리유를 모른다는 사실이 내가 어설픈 시인이라는 바로 그 증거다. 어설픈 시인의 배역으로 말한다면 저간의 사정은 이러하다. 나에게 시는 내 삶의 방편이다. 일엽편주다. 이 말은 무슨 비유가 아니다. 말 그대로다. 젊은 날에는 근거 미약한 우쭐거림이 있었지만 그런 우스운 생색은 다 사라졌다. 이제 내 앞에는 쓰는 일만 남았다. '사랑도 명예도 이름도' 없이 '쓰는 일'만 남았다. 쓸 것이 없는데도 쓰는가. 그렇다. 그래서 쓴다. 나의 시쓰기도 라캉의 욕망의 구조를 닮았다. 기표의 연쇄. 나의 기표는 언제나 수혈을 기다리며 결핍의 구멍을 찾아간다. 그러므로 나의 시쓰기는 밑 빠진 독에 물붓기다. 꼭 그것이다. 한 바가지 부었다고 끝나는 것이 아니다. 욕망의 기원이 없듯이 나의 시쓰기는 기원도 도착점도 없다. 내가 시쓰기를 놓지 못하는 단 하나의 까닭이다. 시집을 내는 것은 단지 시스템상의 문제다. 그래서 나는 재주 없는 타이피스트처럼 자판을 두드리고 있다. 시적 재능이나 방향 따위는 나와 상관이 없다. 나는 그저 쓸 뿐이다. 내가 쓴 시를 내가 읽는다는 것은 자급자족주적 논리다. 그 생각도 수정할 때가 왔다. 나의 시를 나도 읽지 않는 단계가 왔다. 슬프지만 슬플 것도 없다. 나는 지금 앞시대에 쓰여진 누구의 시도 읽지 않는다. 참고하지도 않는다. 그건 그 시절의 시다. 내 눈앞에는 지금 막 전개되는 현실이 있다. 나는 그 현실을 살아야 한다. 늙었지만 늙은 상태로 살아가야 한다. 그러므로,

나 같은 '어설픈 시인'은 계속 써야 한다.

시를 계속 써야 한다.

아무도 거들떠보지 않는 시를 줄기차게 써야 한다.

그리고 사라져야 한다.

*

　이런 것이 인생일까? 출근하고 퇴근하고, 먹고 싸고, 잠자고 깨어나고, 만나고 헤어진다. 꾸벅꾸벅 졸면서 누군가의 강연을 듣는다. 누구는 가르치고 누구는 배운다. 무얼 그렇게 가르치시나. 무얼 그렇게 배우시나들. 누구는 세금을 걷어가고 누구는 세금을 수탈당한다. 이런 게 인생이라면 나는 동의하지 않는다. 나는 인생을 살아낸 게 아니다. 엉성한 대본 속을 걸어나온 듯 하다. 나는 원작에 없는 인물이다. 누구는 이런 게 인생이라고 설명한다. 자기 흥에 취한 영화평론가의 평론 같은 문체로 말한다. 울고 우는, 속고 속이는 사기극이 인생인 듯. 그래서 덕망 높은 분들은 누추한 인생을 꽃무늬 가림막으로 가려준다. 살만하다는 둥 어쩐다는 둥. 둥둥. 다음 생은 이렇게 살지 않을 거다. 아마도 나는 감옥에 있을지도 모르겠다. 성모 마리아의 성스러운 말씀은 좀 내버려두라. Let It Be.

시라는 쪽배에 몸을 싣고 노를 젓고 있는 시인을 생각한
다. 오늘 같은 밤 그가 나를 향해 노저어 올지도 모른다. 다
소 지쳤지만 그의 표정은 무심하리라. 인류애니 뭐니 하는
헛소리는 하지 않을 것이다. 그는 단지 시인의 표정만 지을
것이다. 먼 데서 온 손님인지라 성의껏 대접할 것이다. 이것저
것. 그와 나는 이런저런 얘기를 나눌 것이다. 문학에 대해서,
새로운 시의 전망에 대해서. 그런 시시한 얘기는 화제에 섞지
않을 것이다. 노 젓는 일의 피로에 대해서도 물론 언급하지
않을 것이다. 그는 말할 것이다. 커피 맛이 좋습니다. 그게 전
부다. 커피의 종류나 맛의 갈래에 대해 떠들어대지 않을 것이
다. 시인이야 겨울철 거리의 패딩처럼 흔하지만 그와 앉아 있
을 때는 그에게서 오로지 시인을 만난다. 시라는 쪽배에 몸
을 싣고 하염없이 노를 젓고 있는 그가 좋다. 그에게는 시집
이 없다. 그는 지금 먼 데서 오는 중이다. 오지 않을지도 모
른다. 가끔 또는 매일 그를 생각한다. 내게 시인은 언제나 참
을 수 없는 하나의 풍문이다.

*

골목길에서 두 손에 언어를 받쳐들고 일인시위를 하는 사람.
절박한 언어타령은 그대의 것이다.
벙어리 같은 어둠이 그대를 기다리고 있다.
집으로 돌아가시라.

*

철학은 아니지만 시는 철학으로 돌아간다.
니체나 하이데거 이웃집으로 이사 가고 싶다.
철학자가 소화하지 못한 것을 같이 거들면서.
보증금 없는 월세로.

노시인이 시에 대해 말하고 있다.

열정과 진지함이 넘친다.

무슨 말인지 알아먹지는 못하겠다.

외국어라 그렇다. 모호할수록 더 시에 다가서는가 보다.

시의 근본 운명.

노시인은 주세페 웅가레티(1880~1970)다.

시인의 열변만 보자면 문학연구는 헛수고 같다.

오늘은 내가 그 자리에 앉아본다.

잠시 앉았다가 조용히 일어선다.

나는 아직도 내 안의 文靑과 헤어지지 못하고 있다.

이 단순무식한 슬픔.

*

내 문장에 사용된 나는 내가 아니다. 가주어다.
형식적 주체다. 다른 나다. 분열된 나다. 내가 모르는 나다.
나는 거기에 없다. 나는 당신 속에 있는지도 모른다.
나도 모르는 나. 당신도 모르는 나. 나라는 아름다운 착각.
諸法無我.
누군가 내 문장을 읽는 순간 나는 사라진다.

*

한참 열나 떠들다 보니
마이크가 꺼져 있네.
다시 켜도 켜지지 않네.
주최 측에서 발언시간이 초과되었다고
내 마이크 전원을 꺼버렸다네.
이런! 詩發詩發
생목소리로 떠들어야지.
날목소리로 떠들어야지.
아무에게도 들려지지 않을 나의 속삭임.
후회는 앞에서 다가오네.
후회는 산들바람처럼 멀리서 다가오네

*

1984년 2월 25일자 『타임스』지가 전하는 바에 의하면, 한 열광적인 독자가 작가 앞에 나타나서 이렇게 공언했다. "실례지만 베케트 선생님, 저는 일생 동안 선생님의 열렬한 찬미자였고, 40년 전부터 쭉 선생님의 책을 읽어 왔답니다." 그 말에 작가는 대꾸했다.

"참 피곤하시겠습니다."

(나는 뜻 없이 웃는다.)

*

걸망을 진 노스님이 운현궁 앞을 지나간다.
2023년 3월 24일 금요일. 개나리 화창.
나는 돈화문로 80-1 나마갤러리로 가는 중이다.

며칠 전 극작가 안종관 형과 또 정릉엘 갔다.

시인 신경림 선생께 가는 문안 방문이었다. 수술 받은 지 5
년, 그 사이 간간이 전화만 드렸을 뿐, 코로나 핑계로 뵙지 못
했다. 또 정릉역에서 내렸는데, 이번에야말로 어디가 어딘지
제법 헤맸다. 길 가는 분에게 "정릉이 어느 쪽입니까?" 물으
니 "여기가 정릉이유!" 하고, 별 웃기는 사람 다 본다는 듯 휑
하니 사라진다.

겨우 약속된 식당으로 들어섰다.

"우리 집 바로 앞에 아주 좋은 식당이 있어!"라고 말씀한
그 식당이었다. 5년 동안 병에 시달렸다는 게 거짓말인 듯,
88세의 노시인은 여전히 소년처럼 유쾌하고 경쾌하다. 1주일
후에 마지막 검진을 위해 하루이틀 입원을 할지도 모른다고
말씀하는 태도가 고향 잠깐 다니러 갈 예정인 듯이 심상하고
태연하다. (이상은 염무웅 선생의 페북)

인용한 두 단락에 나는 얹을 말이 없다.

나의 한국문학사는 이 부근 어디서 마감되고 실종되었다.

이유를 말하자면 버벅대겠으나 하여튼 사정이 그렇다. 그
신경림 시인이 1990년대에 '시인은 혁명가는 아니지만 혁명가
에게 영감을 줄 수 있어야 한다.'는 말을 자주 인용했다고 한
다. 이제 더는 두근거리지 않는 가슴들. 방심하지 않아도 신

념은 금세 식어버린다. 신념처럼 지저분한 것이 또 있을 것인
가. 내 시대의 문학은 아직 끝나지 않았는가.

*

최신 AI와 함께하는 시창작 수강생 모집.

4주 완성. 당고개역 3번 출구.

*

시흥에는 문학평론가 홍정선의 공부방이 있었다. 방마다 책이 가득했다. 창간호부터 통권 100호에 이르기까지 결권 없이 꽂혀 있던 '현대문학'은 청년기 그의 자부심이었을 것. 잡지보다 잡지를 구입하던 청년 평론가의 설레던 품이 묻어 있다. 나의 문학적 소망도 그 근처에 있었다. 홍정선은 그 집에서 매주 중국 국적의 박사과정 학생들과 한국근대시에 대한 세미나를 열었다. 나는 세미나 말석에 군식구로 앉아 있었다. 전철 1호선 소사역에서 서해선으로 환승하여 시흥시청에 내려 십여 분 걸으면 세미나 장소에 도착한다. 세미나객들을 위해 평론가가 손수 요리도 했다. 메밀국수나 비빔밥 같은. 중국발 우한 폐렴시절의 한복판이라 세미나는 거른 적도 있지만 정지용의 일본 유학시절을 얘기하던 홍교수 특유의 경상북도 예천지역의 억양은 귀에 선하다. 한국 근대시에 대해 그만큼 애정 깊고 충분한 실증적 논리를 펼 수 있는 평론가는 다시 볼 수 없을 것이다. 나도 시흥에 갈 일이 없어졌다. 여기까지만 쓰자고 내가 나를 말린다. 홍정선 교수랑 둘이 갔던 2월의 장가계와 윤동주 묘와 만주벌판에 대해서는 쓰지 않으련다. 초고 상태의 시처럼 남겨 두자.

117

*

내 시는 내가 概念한다.

*

　누구의 시가 좋다는 말을 들으면 적막해진다. 그런가? 좋다는 기준은 어떤 것일까. 논평가들의 합의 같은 것을 두고 하는 말이겠다. 당대에는 당대의 룰 같은 것이 작동하는 게 업계의 관행이다. 이제 그런 잣대가 온당한가? 필요한가? 나는 동의하지 않는다. 시는 각자의 사업이다. 각자도생의 산물이다. 그런 산물에 평균값을 적용하려는 의도 자체가 비문학적이다. 등단이나 문학상에 따라붙은 심사평을 읽어보면 그런 의아심은 더 짙어진다. 진작 사라져야 할 것들이 그런 관행이다. 누가 누구를 심사하는가. 나는 시스템에 대해 떠드는 게 아니다. 시가 촉발되는 계기들의 순수성이 훼손되는 것을 두고 하는 말이다. 시 쓰는 자들은 그저 중얼거린다. 의미가 있거나 없거나 달라지는 것은 없다. 시인이 의지하는 것은 불완전한 언어가 전부다. 알다시피 의미는 언어라는 물성에 모두 담기지 못하고 흘러내린다. 언어는 알맹이가 아니라 단지 기호일 뿐이다. 언어의 껍질을 붙들고 하소연하는 자들이 노트북 앞에 앉아 키보드를 애무한다. 그것은 그들의 속사정이지 언어의 탓은 아닐 것이다. 사정이 이러하니 시에 대한 호불호의 판단은 속절없는 분별이다. 반복하는 말이지만

118

업계의 평균적 감각은 이 경우 대체로 허전한 일이다. 시는 거기 있을 뿐이다. 도로 표지판이 좋고 나쁨과 관계없이 도로 위에 설치되는 현실과 다를 게 없다. 표지판의 지시에 부/동의하는 것은 각자의 문제다. 과하게 말하자면 각자의 헛소리가 시다. 억압된 것이 귀환하는 순간적 발화다. 외마디 비명지르기가 그것이다. 지겨운 참소리에 가위눌린 기표놀이다. 누구의 시가 좋다는 따위의 말은 삼가하기로 한다, 이제는. 첨언하자면, 시는 좋고 나쁨의 대상이 아니다. 누구나 밥 먹듯이 써야 하는 것이 시다. 자, 다 같이 시를 씁시다.

*

나는 지금 강릉에 있다.

세 시 오분에 강릉역에 도착, 시내버스 300번을 타고 두어 정류장 먼저 하차, 집까지 걸어왔다. 230번을 타면 집 앞에 내리지만 정류장의 전광판이 한 시간 기다려야 한대서 행선지가 비슷한 노선을 탔다. 버스가 출발하고 나니 기다리던 버스가 지나갔다. 이런 형식이 내 운명의 플롯이다. 집사람은 택시 타라고 신신당부했지만 나는 집사람 말은 듣지 않았다. 그것은 절약의 차원이 아니다. 손바닥만한 소도시에서 택시를 타고 씽 와버리면 남는 뒤가 없다. 이런 때 시인인 척 나에게 연기하는 일은 꽤나 기쁘다. 역에서 집까지 몇 정거장 되지 않는 거리지만 시내버스에 몸을 실어놓으면 나는 생각보다 리얼해진다. 나를 흔드는 나만의 방식이다. 고층빌딩이 어색한 구시가지를 지나면서 처음인 듯 여러 생각이 내게 스미면 나는 조그맣게 속으로 웃는다. 옛날과 비슷하면서 옛날과 하나도 같지 않은 거리 풍경이 나를 '풍경인'으로 접대한다. 이 거리 어디에도 나는 없음이다. 낯설지 않은 낯선 곳에서 '달관한 로봇처럼'(황동규) 걸어보려 했으나 등에 매달린 백팩이 나의 달관을 어설프게 만들었다. 어설픔도 익숙해지겠지. 나의 개입을 사양하는 거리를 지나서 결국 집에 다다른다. 빈 집. 현관문을 열고 집에 들어서면 나는 실제보다 더 과장해서 놀란다. 내가 빈 집이구나. 소파에 앉았던 몇 주 전의 나는 거기 없다. 구부리고 앉아서 무언가를 끄적대던 사람도 거기 없다. 없는 나를 수소문하면서 나는 대책 없이 막연해진다. 이런 얘기는 이 정도만 하는 게 좋겠다. 의료원 뒤나이 지긋한 벚나무가 충혈된 꽃망울을 촘촘히 달고 있었음을 적어 두자. 너무 서둘러 피지는 마시라.

*

인생은 길지 않다.
우선 커피를 마셔야겠다.

*

내 꿈은 내가 시인이라는 사실을 까먹고
어두운 방구석에 앉아 다시 읽지 않을 시를
쓰는 일이다. 시여, 만수무강하시라.

*

시를 쓴다는 게
텅 빈 무대에서 알몸쇼를 하는 기분이다
그렇게 말하고 싶으시지요?
네
꼭 그런 것만은 아닐 겁니다
저쪽을 좀 보세요
독자 몇 앞에 두고 시인이 열심히 떠들고 있잖아요
어떤 사람은 메모도 하는군요
무슨 말을 할까요?
그야 자신의 뇌피셜이겠지요
자학적(自學的)인 일반화는 삼갑시다
아무도 안 읽지만 모두에게 읽힌다는 착각은
오늘날 시인을 혁신시키는 유일한 힘일 겁니다

123

*

시를 읽고 긴 침묵에 떨어졌다.

「강가에서」와 「H」. 예전에 읽었겠지만 기억에서 빛이 바랬던 시다. 오래된 시가 나를 가격한다. 내가 현재를 살면서 지나간 시대에 엮여 있다는 징후일 듯. '나같이 사는 것은 나밖에 없는 것 같다'(김수영)는 문장의 주체가 나를 지목하는 것 같아 다소 우울하다. 뭔가 들킨 느낌.

시대를 상실하고 글을 쓰는 것은 무슨 의미가 있을까.

마치 경기가 종료된 문학 경기장 바깥을 빙빙 도는 꼴이다. 기록에 남지 않는다는 것만 제외하면 이 짓도 양호하다. 시가 해결할 수 있는 것이 더는 남아있지 않다는 것을 나는 잘 안다. 그것은 시장의 문제도 독자의 문제도 시인의 문제도 아니다. 시장과 독자와 시인은 여전히 나름으로 살아 움직이고 있다. 문제는 내게 있다. 범인이 현장 주변을 배회하듯이 나는 시 주변을 어슬렁대고 있다. 생의 알리바이일 것인가. 저렇든 그렇든 나는 내 세대의 예외 없는 문학적 소멸을 강 건너 불구경 하듯이 속절없이 조망한다. 속절없이! 늙은 조바심은 조바심이 아니다. 불교의 팔정도 앞자리에 있는 正見을 문학바닥에도 실천해 볼 일이다. 내 세대 문학의 소멸을 그저 소멸로 바라볼 뿐. 쓸쓸하거나 한 점 적적함 없이. 현상 그대로.

여러 형태로 반복하지만 나는 시인으로서 더 쓸 것이 없다

는 사실을 쓰고 있다. 쓰고 또 쓴다. 썼던 시 모르는 체 다시
쓴다. 이것만이 내 글쓰기의 유일한 원천이다. 밤마다 나 같
은 사람에게 편지를 띄운다. 읽을 여력이 남아 있지 않은 그
대에게 헛공들여 쓰는 편지. 그게, 그게 바로 나의 시다.

＊

챗지피티에게 '시인 박세현에 대해 알려달라'고 부탁했다.

'그런 시인은 없다'는 답이 돌아왔다. 다시 물었더니 '함경북도 사람이고 북만주에서 의병활동을 한 문인이며 이후의 행적은 업데이트된 게 없고 문집도 전하지 않는다는 피드백이 돌아왔다. 더 물어보려다 그만두고 인공지능에게 고맙다고 말해줬다. 진심이다. 더 바랄 게 없다.

＊

시를 쓸 줄 안다면 그는 더 이상 시인은 아니다.

기술복제를 하는 노련한 장인이다. 시인의 꿈은 장인이 아니다. 시인은 시에 능숙한 사람이 아니라 불행에 익숙한 사람이다. 세르반테스처럼. 이런 불확실한 사정에 기댄다면 시작업에 다년간 종사한 장기근속자일수록 장인 계통으로 분류되기 쉽다. 예외적인 소수의 존재가 시인의 명예를 가지게 될 공산이 크다. 시력과 같은 연공은 그가 장인이라는 객관적 인증에 다름 아니다.

등단 40년. 이건 뭐냐.

마침내 당신도 꼼짝없이 장인어르신이 된 겁니다.

"내가 얼마나 기억될까? 그리 오래 가지 않는다. 학교에서 수업할 때 차인태 선배 얘기가 나와서 학생들에게 물어봤더니 아무도 모르더라. 나보다 불과 12년 앞섰고 대표적인 방송인이었다. 기억되고 싶은 건 부질없는 욕심이다. 향후 계획은 글쎄, 예전에 레드 제플린의 보컬리스트였던 로버트 플랜트가 팀이 해체된 뒤에 어느 자그마한 동네 바에서 노래한 적이 있다. 그게 뭐 돈이 없어서가 아니라 그냥 그렇게 하는 게 마음 편해서였지 않았을까. 지금 머릿속에 있는 건 그런 게 전부다. 노래를 하겠다는 얘기는 아니다.^^" 손석희 아나운서의 인터뷰 한 토막이다. 질문은 '어떤 언론인으로 기억되고 싶나'였다.

127

여기까지 좇아오면서 읽은 독자는 없을 것이다.
그런 독자라면 커피를 마시면서 문학얘기를 나누어도 좋겠다.
부질없는 욕심.

누구는 이렇게 말할지도 모른다.
다행스럽게도 선생은 레드 제플린이 아니잖소.
그러게요.

어슬렁거리며 산책이나 해야겠다.
누가 이 사람을 모르실까요?

*

시가 위태롭다.
남은 커피를 마저 마셔야겠다.

*

2023년 4월 봄저녁.
구독, 좋아요.